folio benjamin

ISBN : 2-07-054788-4
Titre original : *Freunde*
Publié par Middelhauve Verlags GmbH, Munich

Numéro d'édition: 02970
Loi n° 46-956 du 16 juillet 1949
sur les publications destinées à la jeunesse
Dépôt légal: octobre 2001
Imprimé en Italie par Editoriale Lloyd
Réalisation Octavo

Helme Heine

Trois amis

GALLIMARD JEUNESSE

François Lecoq réveillait la ferme chaque matin.

Ses amis,
Jean Campagnol
et le bon gros William, lui donnaient
un coup de main, car de vrais amis
se doivent de s'entr'aider.
Ensuite, les compères allaient chercher
leur bicyclette derrière la grange
et se lançaient dans le matin.

Rien ne les arrêtait : aucun chemin qui fût trop caillouteux, aucune pente trop abrupte, aucun virage trop serré…

Et quel plaisir de faire gicler
les flaques d'eau !

Ils aimaient s'arrêter au bord de l'étang : on y faisait des ricochets, les galets étaient lisses et bien plats… Et puis, on y jouait à cache-cache, interminablement.

Un jour, Jean Campagnol découvrit
un vieux bateau, perdu dans les roseaux.
Ils décidèrent de devenir pirates.

À l'unanimité, car de vrais amis savent se mettre d'accord avant de prendre une décision.

Jean Campagnol était à la barre, François Lecoq s'occupait de la voilure et le bon gros William se chargeait de l'étanchéité : bien calé au fond de la coque,

il appliquait ses fesses généreuses
sur toutes les fissures du bois desséché.

Ils se risquèrent au large et, en un seul jour, conquirent la maîtrise de l'étang.

La faim les rejeta sur le rivage…

Ils essayèrent la pêche. Rien à faire :
les asticots étaient furieux et protestaient
si fort que les poissons se tenaient
à distance.

Ils firent la cueillette des cerises.
Une cerise pour Jean Campagnol,
une cerise pour François Lecoq,
deux cerises pour ce bon gros William…

Et ainsi de suite. Jean Campagnol trouvait cela fort bien, mais François Lecoq protesta : selon lui, c'était injuste. On lui accorda les noyaux.

Ils eurent vite fait de tout manger.
Le gros William dut y aller.
Ses deux amis l'accompagnèrent.
Ce fut sans doute un beau concert.

Déjà les ombres s'allongeaient…

Il était temps de rentrer.

Ce soir-là, ils se jurèrent une amitié éternelle, derrière le poulailler, tout près de la citerne.
Ils décidèrent de ne jamais se séparer.

Ils dormiraient tous les trois chez Jean Campagnol. Mais le projet fut abandonné lorsque François Lecoq manqua de rester coincé dans l'entrée.

Et chez William ? Hum, Jean Campagnol
avait l'odorat trop délicat !

Restait le poulailler. Ils se juchèrent
sur le perchoir personnel de François...

… qui se brisa sous leur poids.
Ils se résignèrent à se souhaiter la bonne nuit et regagner chacun son lit.

Mais en rêve ils se retrouvèrent ;

les vrais amis rêvent ainsi.

Dans la même collection :